本書獻給我的精神科醫生L，
蘇打綠、魚丁糸、吳青峰、我的編輯小安，
國宴、德昌、吳榮淋、懷恩堂、好朋友H
陳韻如與莫俊傑、奇亞子、洋阿姨
椰子島、蘇、葉場與羅比總裁
還有無數個為我打氣祝福的讀者(你/妳)！
與憂鬱症患者。　　　　　　謝謝你們。

Fifi Kuo
2020.12.24
Tomorrow will be fine

繪讀

如果愛是一隻貓

文　　圖	郭飛飛
責任編輯	陳奕安
美術編輯	許瀞文

發 行 人	劉振強
出 版 者	三民書局股份有限公司
地　　址	臺北市復興北路 386 號 (復北門市)
	臺北市重慶南路一段 61 號 (重南門市)
電　　話	(02)25006600
網　　址	三民網路書店 https://www.sanmin.com.tw

出版日期	初版一刷 2021 年 3 月
	初版二刷 2021 年 9 月
書籍編號	S859511
I S B N	978-957-14-7149-5

如果愛是一隻貓

郭飛飛／文圖

三民書局

噢……
這位是

當然從她非常健康的體型，
你也許可以看出她一點也不小。
畢竟，「愛是有重量的。」

（怎樣？你看什麼看！）

有時候愛會陷入沉睡，哪怕是假睡。
你都要學習「尊重」，那介於睡與不睡之間。

有時候愛也會聆聽，
如果你足以吸引她的注意力。

愛有時候很多話，會劈哩啪啦講一大串。

♪♩♪♫♪♩♪♫♬♬♪

(管你有沒有要聽)

但通常沒有任何人聽得懂，
畢竟愛的語言很晦澀，
至今似乎沒有任何一所學校，
成功開過一堂愛的語言課。

基本上呢……　　愛　是　毫無　邏　輯　可言的。

有時候愛會擋路，有時候愛是障礙，有時候愛要跨越，
有時候愛很難懂，有時候愛太神祕。
反正愛難以預測，你要學著見招拆招。
「愛到卡慘死」，懂嗎？

但有些時候，愛也是體貼又富有思想的。

愛會來。

愛　也會離開。

但也許，
你還是會在某些地方
找到愛的蹤跡。
可能出其不意；

也可能這次不是假睡，是真的睡著了。

有時候愛假裝躲起來，
其實是想要吸引你的注意。

但有時候愛是「真的想要躲起來」。
這時候請不要打擾她，

給愛一點獨處的空間。

有些時候，愛是很甜蜜的。

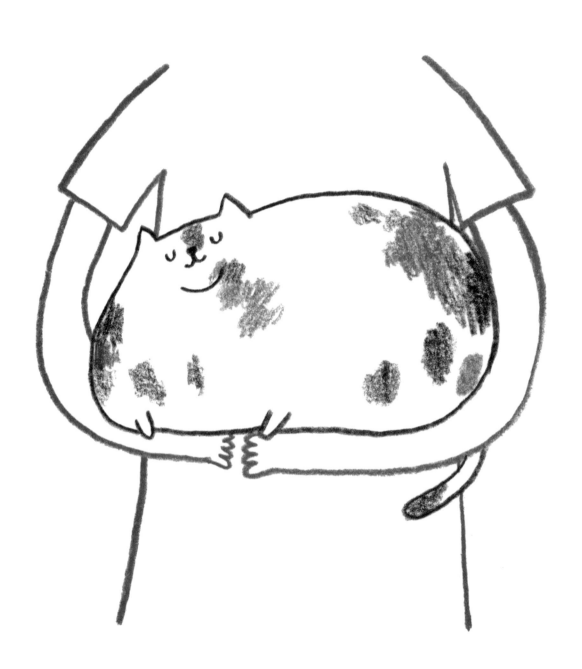

也許有目的性，但不要想太多，
好好享受當下就對了。

愛當然也會讓你感到痛苦，很痛。

你讓本喵不開心!!!

而且通常沒有理由。

然而，真正的愛，是原諒。

愛呢，還會⋯⋯

讓你的生活充滿 驚喜！

（知道厲害了吧♥）